BELLE COLLECTION

DE

TABLEAUX MODERNES

HONOS
ADDITVS
IMPRIMERIE DE L'ART

Ce Catalogue se distribue à Paris :

Chez **Me LÉON TUAL**, commissaire-priseur,

39, rue de la Victoire, 39

Chez **M. BERNHEIM jeune**, expert,

8, rue Laffitte, 8.

CONDITIONS DE LA VENTE

Elle sera faite au comptant.

Les adjudicataires payeront *cinq pour cent* en sus des enchères.

Paris. — Imp. de l'Art. E. Ménard et J. Augry
41, rue de la Victoire, 41

DÉSIGNATION

Tableaux, Aquarelles et Dessins

ADAM
(E.)

1 — *La Fille du passeur.*

Dessin.

BALLAVOINE
(J.)

2 — *La Jeune Artiste.*

Toile. Haut., 41 cent.; larg., 28 cent.

BÉRAUD

(JEAN)

3 — *Boulevard Poissonnière.*

Vue prise à quatre heures, par un temps de pluie, au moment où l'animation est la plus grande. Des voitures, arrivant en tous sens, forcent les piétons à quitter la chaussée. Au premier plan et à gauche, deux dames tenant un gentil bébé par la main se hâtent de traverser le faubourg Montmartre.

Tableau très fin et d'une très belle exécution.

Toile. Haut., 24 cent.; larg., 35 cent.

BOUDIN

4 — *Marine.*

Bois. Haut., 29 cent.; larg., 23 cent.

BERNE-BELLECOUR

(E.)

5 — *En tirailleur.*

Au premier plan, abrité derrière un arbre, un zouave, le genou à terre, fait le coup de feu. A côté de lui, un mobile vient d'être blessé à l'épaule; plus loin, d'autres tirailleurs; on aperçoit dans le fond la fusillade de l'ennemi.

Bois. Haut., 29 cent.; larg., 21 cent.

BERNE-BELLECOUR

(E.)

6 — *Le Popotier.*

Un artilleur cuisinier est en train de remplir les gamelles.

Bois. Haut., 24 cent.; larg., 14 cent.

BRUCK-LAJOS

7 — *Dans la forêt.*

Salon de 1876.

Toile. Haut., 1 m. 10 cent.; larg., 1 m. 50 cent.

BUTIN

(U.)

8 — *La Pêcheuse d'anguilles.*

Toile. Haut., 77 cent.; larg., 64 cent.

CHAIGNEAU

9 — *Le Pâturage.*

Bois. Haut., 18 cent.; larg., 25 cent.

CHAPLIN

(CH.)

10 — *La Soubrette.*

Les maîtres viennent de rentrer d'un bal masqué, ils se sont débarrassés de leur travestissement dans l'antichambre; une gracieuse soubrette, portant sur un plateau une carafe et un verre, va leur servir à souper.

A gauche, à terre, un costume de pierrot.

A droite, sur une chaise renversée, un domino, un chapeau de gentilhomme Louis XV, une épée, des fleurs et des masques.

Toile. Haut., 75 cent.; larg., 44 cent.

CHAPLIN

(CH.)

11. — *Innocence.*

Une blonde jeune fille, la poitrine nue, ayant à ses côtés une lyre, est assise dans une attitude triste et mélancolique.

Charmant tableau d'une très belle coloration et d'une grande finesse.

Toile. Haut., 38 cent.; larg., 23 cent.

CHAPLIN

(CH.)

12 — *La Jeune fille.*

Vue en buste, le corps de trois quarts, la figure de face, elle a le sein gauche découvert et un bouquet de fleurs à la ceinture.

Toile. Haut., 42 cent.; larg., 32 cent.

CHINTREUIL

·13 — *La Prairie.*

Toile. Haut., 32 cent.; larg.. 52 cent.

CHINTREUIL

14 — *Boulogne-sur-Mer.*

Marine.

Toile. Haut., 35 cent.; larg., 72 cent.

COROT

15 — *Ruisseau dans le Morvan.*

Toile. Haut., 44 cent.; larg., 46 cent.

CLAUDE
(M.)

16 — *La Promenade.*

Aquarelle.

DAUBIGNY

(CH.)

17 — *Le Barrage.*

Bois. Haut., 27 cent.; larg., 37 cent.

DE JONGHE

(G.)

18 — *Le Repos du modèle.*

Dans un somptueux atelier, un modèle, vêtue de gaze transparente, s'est assise devant le tableau que le maître vient de terminer.

Aux murs, des tapisseries ; sur une table, une corbeille de fleurs.

Toile. Haut., 62 cent.; larg., 48 cent.

DETAILLE

(E.)

19 — *Un Hussard de la mort.*

Dessin à la plume.

Haut., 25 cent.; larg., 18 cent.

DORÉ

(GUSTAVE)

20 — *Cent ans et Cent jours.*

Une centenaire tient dans ses bras un enfant de quelques mois.

Toile. Haut., 70 cent.; larg., 47 cent

DUPRAY

(H.)

21 — *Scène militaire.*

Bois. Haut., 20 cent.; larg., 32 cent.

GÉRARD

(FIRMIN)

22 — *Le Déjeuner des canards.*

Un enfant que sa mère tient par la main donne à manger à des canards.

Toile. Haut., 37 cent.; larg., 27 cent.

GOUPIL

(J.)

23 — *Tête d'enfant.*

Bois. Haut., 48 cent.; larg., 40 cent.

GUILLEMET

(A.)

24 — *Le Pollet, près Dieppe.*

Toile. Haut., 5o cent.; larg., 72 cent.

GUILLEMET

(A.)

25 — *Bords du Loing (Seine-et-Marne).*

Toile. Haut., 76 cent.; larg., 58 cent.

INNOCENTI

26 — *Féte champêtre.*

Bois. Haut., 35 cent.; larg., 43 cent.

INNOCENTI

27 — *La Paix.*

Bois. Haut., 29 cent.; larg., 22 cent.

INNOCENTI

28 — *La Guerre.*

Pendant du précédent.

Bois. Haut., 29 cent.; larg., 22 cent.

JACQUE

(CH.)

29 — *Intérieur de bergerie; moutons et poules.*

Ce tableau, qui est d'une finesse extrême,
est de la meilleure manière du maître.

Bois. Haut., 20 cent.; larg., 3o cent.

JACQUE

(CH.)

30 — *L'Abreuvoir.*

Un troupeau de vaches sous la conduite
d'une femme viennent s'abreuver à un ruisseau.

Effet de nuit.

Bois. Haut., 34 cent.; larg., 48 cent.

LAMBERT

(L. EUG.)

31 — *Jeune Chat.*

Aquarelle.

Haut., 33 cent.; larg., 28 cent.

LAZERGES

(PAUL)

32 — *Un Guerrier arabe.*

Bois. Haut., 49 cent.; larg., 42 cent.

LAZERGES

(PAUL)

33 — *Le Repos.*

Souvenir d'Algérie.

Bois. Haut., 63 cent.; larg., 52 cent.

LAZERGES

(PAUL)

34 — *Campement d'Arabes, le soir.*

Toile. Haut., 53 cent.; larg., 68 cent.

LEMAIRE

(MADELEINE)

35 — *Ophélie*.

Les cheveux dénoués, le corps enveloppé de gaze transparente, les yeux hagards, Ophélie est entourée de fleurs qu'elle vient de cueillir.

Toile. Haut., 1 mètre; larg., 78 cent.

LÉPINE

(S.)

36 — *Le Pont de Bercy*.

Toile. Haut., 18 cent.; larg., 44 cent.

MAIGNAN

(A.)

37 — *La Charmeuse d'oiseaux*.

Toile. Haut., 38 cent.; larg., 27 cent.

MARCHETTI

(L.)

38 — *Agréable rencontre.*

Une jeune fille, accompagnée de sa mère, vient de croiser, avenue des Champs-Élysées, un jeune homme qui s'est arrêté pour allumer un cigare.

Au fond, arrive un fiacre au trot.

Bois. Haut., 32 cent.; larg., 22 cent.

MIRALLES

(F.)

39 — *Au bois de Boulogne.*

Bois. Haut., 42 cent.; larg., 33 cent.

MIRALLES

(F)

40 — *Sur la plage.*

Bois. Haut., 43 cent.; larg., 34 cent.

NITTIS

(DE)

41 — *La Place de la Concorde.*

Au premier plan, une couturière accompagnée d'une apprentie; dans le fond, un
omnibus et des voitures.

Bois. Haut., 23 cent.; larg., 17 cent.

OUVRIE

(J.)

42 — Trois aquarelles.

RICHET

(LÉON)

43 — *Rue de village.*

Bois. Haut., 43 cent. ; larg., 60 cent.

RICHET

(LÉON)

44 — *Chaumières dans les bois.*

Toile. Haut., 48 cent.; larg., 70 cent.

ROBERT-FLEURY

(TONY)

45 — *Le Docteur Pinel à la Salpétrière en 1795.*

Toile. Haut., 42 cent.; larg., 62 cent.

TRAYER

(J.)

46 — *La Ménagère.*

Toile. Haut., 35 cent.; larg., 28 cent.

VAN HIER

47 — *Marine.*

Toile. Haut., 60 cent.; larg., 95 cent.

VAN HIER

48 — *Marine.*

Toile. Haut., 60 cent.; larg., 95 cent.

VEYRASSAT

(J.)

49 — *Au bord de l'eau.*

Un paysan conduisant deux chevaux de
halage vient de s'arrêter et cause à deux
femmes qui lavent du linge dans la rivière.

Bois. Haut., 34 cent.; larg., 43 cent.

VEYRASSAT

(J.)

50 — *Le Goûter.*

Un paysan, ayant à côté de lui son chien et
son cheval de halage, est assis au bord d'une
rivière bordée par des champs de blé.

Toile. Haut., 47 cent.; larg., 62 cent.

VEYRASSAT

(J. J.)

51 — *Retour à la ferme*.

Bois. Haut., 25 cent.; larg., 22 cent.

VIBERT

(J. G.)

52 — *L'Antichambre de Monseigneur*.

Dessin.

Haut., 27 cent.; larg., 33 cent.

WORMS

(J.)

53 — *La Sérénade*.

De jeunes Espagnols viennent donner une aubade à une jeune femme qu'on aperçoit à son balcon.

Toile. Haut., 42 cent.; larg., 33 cent.

WORMS

(J.)

54 — *La Sieste.*

Un muletier espagnol est couché sur une couverture ; il fume une cigarette.

Bois. Haut., 21 cent.; larg., 26 cent.

ZIEM

55 — *Vue de Venise.*

Aquarelle.

Haut., 22 cent.; larg., 32 cent.